파도편지

지 은 이 곽동현

저작권자 곽동현

발 행 처 하움출판사
발 행 인 문현광
디 자 인 최이찬
편　　집 오현정
주　　소 전북 군산시 축동안3길 20, 2층 하움출판사
I S B N 979-11-6440-041-6

홈페이지 http://haum.kr/
이 메 일 haum1000@naver.com

좋은 책을 만들겠습니다.
하움출판사는 독자 여러분의 의견에 항상 귀 기울이고 있습니다.
이 도서의 국립중앙도서관 출판예정도서목록(CIP)은 서지정보유통지원시스템 홈페이지(http://seoji.nl.go.kr)와 국가
자료종합목록 구축시스템(http://kolis-net.nl.go.kr)에서 이용하실 수 있습니다. (CIP제어번호 : CIP2019023858)

파도편지

글 동현
그림 이찬

사랑이란, 꺾어 곁에 두기보다는
꽃이 있는 그 자리에 함께 머무는 것.

좋았고 슬펐고 즐겁고 미웠던
그래서 목마르게 그리운 시간들을 반추하며
사랑의 파도를 엮어
너에게 부친다.

2019년 6월

동현

차 례

1부

2부

3부

누군가를 사랑하며, 무언가를 기록하다.

1부

그대

그대로 그대는
나에게 그대로 온다.

그대, 이토록 한결같아
난 그대로다.

도무지 잊혀지지 않는 사람이 있을 거라 생각해요. 사랑이 넓다면 가족, 친구, 연인 그리고 잠깐 스친 사람까지 해당될 수 있죠. 지구는 돌고, 우린 저마다의 시간을 지나죠. 그럼에도 당신에게 변함없이 남아있는 '그대'가 있나요?

'그대'는 누구인가요?

수심

순간의 떨림
잔잔한 맘
누군가 돌을 던졌다.

쉿,
조용하라 다그쳐도
알 수 없는 그 수심으로
깊이깊이 퇴적되는 감정이었다.

깊어져 가는 감정을 다스리려면 어떻게 해야 하나요? 열 길 물속은 알아도 한 길 사람 속은 모른다는데, 당신도 저와 같을까요. 제멋대로 물결치는 마음을 진정시키기 위해 할 수 있는 건 뭔가요. 그냥 이렇게 따뜻한 바람이 불어오는 대로 깊어져야 할까요?

P.S : "당신이 따뜻해서 봄이 왔습니다." -김남권-

큰일

언제부턴가 내 세계로 훅 들어와 핀 꽃
생각난다

날마다 너의 하루가 궁금해지기 시작했다
큰일이다

큰일이다. 네가 아니고선 손에 잡히는 일이 없다. 이런 날 너는 알고 있을까? 안다면 그 어여쁜 손 한 번 내밀어주면 안 되나. 여느 때와 다를 게 없었던 날들이 오락가락 네 생각 하나에 웃고, 네 연락 하나에 설렌다.

너라는 푯대를 향해 펄럭이는 깃발이 된 나를 발견한다. 그렇게 출발하고 있었다.

감기

'아니겠지 아니겠지'
혼자 되뇌었지만

넌 이미 내게 와 있었고
난 이미 너를 앓고 있었다.

이토록 뜨거울 수 있는 것도
모두 네 덕이라며
그저 시름시름 너를 앓았다.

뜻하지 않게 찾아오는 감기처럼. 자신도 모르는 사이 사랑에 빠지는 경우가 있죠. 아니라고 아닐 거라고, 감정을 있는 그대로 받아들이기란 쉽지 않아요. 받아들이는 그 때부터 어떤 고통을 앓아도 사랑의 이유만으로도 면역이 생기니까요.

사랑에 감염되면 약이 없다. 그래도 기꺼이 아름다운 열병을 즐길 줄 아는 자(者), 사랑을 갖는다.

증거

심증만 있고 물증은 없는 줄 알았다.

저 달을 보며 널 떠올리는데
누굴 떠올리니 넌
내가 아니라면 속상할 것 같은데.

달 하나에 네 생각 머물고
어느새 모든 곳에 네가 있다.

가슴 속 뿌리를 뻗어 와
하나 둘 사실이 되는 너

호기심이거나
스칠 바람이거니 했던 네가
야금야금
내 삶에 들어오고 있다.

'오늘의 당신은 어땠을까, 오늘도 어제처럼 예뻤을까.' 이런 생각을 하는 요즘이에요. 오늘 하루는 어땠나요? 나의 하루가 궁금하지 않은 당신에게, 나의 안부는 일요일 단잠을 깨우는 옆집 공사소음과 같겠죠. 어쩌다 당신이 꺼낸 별거 아닌 말에도 숨죽이곤 의미 없는 의미부여를 계속해요. 알 순 없지만 전해지는 마음, 보이진 않지만 느껴지는 벽. 열 수도 허물 수도 없어서. 궁금증으로 차올랐던 용기는 거품처럼 사라지고, 괜스레 갈증만 가득 남았네요.

장미

건조한 네가 뾰족하게 날 찔러대도
윤택한 마음에 너를 피울래

자꾸 아프게 찔러대는 너 때문에 이미 상처투성이가 된 나. 구멍 난 곳에 가벼운 네 호기심이라도 닿길 바랐다. 우리 사랑의 도형에서 조그만 접점을 찾아내어, 그곳에 너처럼 예쁜 꽃 한 송이 피우겠다는 열망에 내 마음은 윤택했다. 너는 꽤나 건조했지만.

잉크

노트에 잉크가 스미듯
내 맘에 스며든 당신

그 어떤 아름다운 말들도 당신을 그려낼 수가 없다.

그래, 당신은 이미 스며들어 번져 버린 뮤즈였다.

초승달

생각할수록 야위어져
네게로, 네게로,
기울어질수록 가늘어져

저 달만큼
보고파서 조촐해지다

달은 무심한 존재이다. 참 차가운 위성이다. 위태로울 정도로 야위었다가도 어느새 차올라 있는 달은 자연의 현상에 따라 그리 됐을 뿐이다. 그저 탐사 대상인 달이다. 그럼에도 우리는 사랑이 이루어지기를, 위로를 바라며 달을 바라본다. 달에게 낭만을 불어넣던 순진한 나를 본다. '누군가를 생각할수록 우리도 저 달같이 기울어지고 야위어지는 게 아닐까?', '달도 우리 감정이 이입되어 저런 모습을 보여주는 게 아닐까?' 했던 내 순진함을 저 달은 이 밤도 말해 준다.

몽상가

꿈속에만 담아두기엔
네 아름다움은 눈을 떠도 아른거린다
석류꽃 빨간 대낮에도.

지난밤, 그렇게 보고 싶었던 네가 다녀갔다. 아침 햇살 미운 것도 잠시, 꿈은 현실과 반대라며 슬퍼해야 할지, 곧 있을 예지몽이라며 기뻐해야 할지 모르겠다. 찰나의 순간이었지만 지금도 정신없이 너를 앓는다. 오늘 밤에도 나를 찾아올까, 해가 지고 달이 뜨기만 기다린다.

줄자

줄자는 아니지만 잴 땐 재어야죠.

가볍게 만나고 사소한 걸로 다투다
무거울 거 있냐며 이별하는 요즘

쉽게
가볍게 치부하기보단
척도를 두어야 하는 게 아닐까요.

시작과 중간, 그리고 끝
모양을 깊이를
틈틈이 마음의 평수를 재어야죠.

'쉬운 사랑', '사랑은 움직이는 거야'는 한편 매력적이다. 하지만 '쉽다는 것'에 일침을 가하고 싶다. 고민이 너무 없는, 짧은 만남과 이별이 난무한다. 속도의 시대를 살고 있다고 합리화하며. 만남과 사귐, 그리고 헤어짐을 제대로 재고 무게 중심을 잡을 수 있는 줄자가 필요하다. 계산으로서가 아닌 관계를 다듬고 지킬 것을 지키기 위한 줄자가 필요하다. 가벼운 것에, 쉬운 것에 기울어지지 않는, 무게 있는 자가 필요하다.

난 적어도 쉽게 시작하고 가볍게 끝낸 것은 아니었다.

짝

왜 예쁜 사람들은 다 짝이 있을까?
아, 물론 넌 지금부터 내 짝이고.

짝! 두 손이 맞닿아 박수가 되듯 너와 내 맘도 맞닿아야 사랑이겠지. 부디 엇갈리지 말고 함께 손뼉 칠 수 있었으면. 그러려면 더욱 용감해져야 하나. 네가 **좋**아하는 것들을 공부하기 시작했다. 두 점을 이어 하나의 선이 되고, 사랑의 도형을 이룰 수 있다면 얼마나 **좋**을까?

인연

때로는 우연히
때로는 필연히
그렇게 인연이

새로운 인연은 어디서 오는 걸까요. 귀한 인연은 어디에 있는 걸까요. 수없이 반복되는 우연과 필연 속에서 운명 같은 인연이 있을까요. 옷깃만 스쳐도 인연이라기엔 스치는 인연이 너무 많아서, 좀처럼 잡기가 힘드네요. 그래도 우리 포기하지 말아요. 언젠가 일생을 다 주어도 모자랄 행복이 우리 곁에 있을 테니.

불씨: 폭죽

무심 한가운데 떨어지는 불씨
뭔가를 알리는 붉은 하강

툭,
한참 와 지상에 닿는 순간
마른 감정들이 불꽃으로 확 피어난다.

세상에서 가장 빨리 피는 꽃
어둑한 마음에 가장 화사한 향이 퍼진다.

겨울을 엎지르고
봄이 된 누군가 왔음을 느꼈다.

긴 시간
물줄기 하나 없는 이곳에
불을 지른,
너였다.

여러분은 사랑에 빠졌다는 걸 언제 알게 되나요? 혹 불씨가 떨어져, 작지만 강한, 뜨거운 울림소리가 귀에 들리는 그때부터가 아닌가요? 한동안 메말랐던 존재가 희나리처럼 불붙고 외로움이 길고 짙었을수록 순식간에 번지는 게 아닐까요.

동이 트기 전 어둠이 가장 진한 것처럼.

자음변환

웃으면 복이 온다더니
웃었더니 봄이 왔다.

봄이 와서 웃었더니
복이 활짝 웃으며 왔다.

웃으면 복이 와요. 누구나 아는 것이죠. 그런데 정말로 그래요. 웃었더니 당신이란 봄이 왔어요. 유난히 추웠던 겨울이 드디어 막을 내렸어요. 윤택한 제 마음에 꽃 한 송이 정성스레 옮겨다 심었어요. 어느 계절도 무색할 만큼 늘 활짝 피어있길 바라면서요.

2부

Eureka

부피와 질량만으론 알 수 없다.

마음속에서 커진 값만큼
넘쳐흐르는 감정을 보며,

'아, 이게 사랑이야'
또 한 번 외치는 Eureka.

'**질**량의 크기는 부피와 비례하지 않는다.' 〈사랑의 물리학〉을 읽고 가장 인상 깊었던 첫 구절. 사랑은 인문학에서만 찾을 수 있는 것이고, 부피가 전부라 생각했던 그 당시의 인식으로선 큰 충격이었다. 그 고유한 속성부터 감정의 결집까지, 하나도 쉬운 게 없었다.

이렇게 어려운 걸 시작하고 지속하는 우리, 대단하다. "Eureka!"

너란 꽃

유심히 꽃만 살피는 넌
너란 꽃만 살피는 날 알까

사랑에 빠졌을 때, 유독 영화의 한 장면처럼 시간이 멈춘 듯한 순간이 있죠. 오롯이 그 모습 그대로 계속 머물고 싶은 순간 말이에요. 당신에겐 별다른 의미 없이 사소한 순간이었을지라도, 누군가에겐 그렇게 사소한 것들이 모여 소중한 추억이 되었을 거예요. 누군가 당신과 함께하며 이런 순간들을 맞았다면, 당신은 충분히 예쁘고 사랑받았던 사람이었을 거예요. 당신 참 행복한 사람이군요. 참 행복한 사람, 당신.

여유

여유가 없다
네가 아닌 것을 담을 여유가

생각했던 것보다 여유가 없다. 행복하면 더 잘 써질 거라 생각했던 글은 도무지 써지지 않는다. 필통 속 볼펜은 빛을 못 본지 꽤 되었다. 다만 사진을 찍는 시간이 많아졌다. 함께하는 순간들을 더욱 선명하게 남기고 싶어 지금의 난 글보다 사진과 가까워진다. 계절과 함께 물든, 네가 너무 예쁘고 아까워서.

가로등

난 너만 밝혀
딴 곳은 안중에도 없어

온전히 너에게만 집중할래. 움직이지 않고 늘 같은 자리에서 늘 같은 시간에 너를 밝힐래. 집으로 돌아가는 길 조금이라도 네 걱정을 덜어주고 싶어. 난 너만 밝히니까. 어떤 빛깔과 온도였으면 좋겠어? 언제나 너에게 맞게 준비하고 있어. 너의 세계 환해지면 내 세상 함께 빛나는 그 순간을 꿈꾸면서 말이야.

온도

우리의 온도는 따스해요
뜨겁지도 차갑지도 않죠

두 손을 맞잡기에도
서로를 안아주기에도

딱 알맞아요 우린.

붉은 파스텔톤 하늘이 좋아요. 상쾌하게 두 뺨을 스치는 바람도 **좋**구요. 같은 발걸음으로 같은 곳을 향해 걸어가는 그 속에서 피어나는 꽃, '대화'. 서로의 단어로 물들어 사소한 일상을 공유하는, 당신과 함께 걷는 이 길이 **좋**아요. 우린 사랑하기 알맞은 온도네요. 아는 이들도 다들 그렇게 말해주네요.

꽃말

나를 잊지 마세요

사랑의 성공

열렬한 사랑

겸손한 사랑

첫사랑, 젊은 날의 추억

오늘 하루 힘들었을 너를 달래주고 싶어 발걸음은 부랴부랴 꽃집으로 향한다. 이번엔 어떤 꽃이 좋을까? 어떤 꽃말을 주면 기뻐할까? 장미, 튤립, 안개꽃, … , 한참을 살펴보다 "여기서 가장 예쁜 꽃말을 가진 게 뭘까요?"라는 물음에, 꽃다발을 엮고 있던 아주머니는 "무슨 꽃인들 총각 마음보다 예쁠까." 라고 답한다. 가게를 나선 때부터 손에 들린 붉은 안개꽃은 더 이상 꽃이 아니었다. '기쁨의 순간'이라는 꽃말도 아니다. 그저 너를 사랑하는 마음 하나 고운 색지로 감싸 쥔 것, 내가 가진 '사랑해'라는 꽃말 하나 손에 쥔 것.

얼른 네가 오길 기다린다. 힘들었을 너의 하루 내가 다 안을 테니, 나의 꽃말 네게 선물할 테니.

14%

고마워요 당신

덕분에

베터리가 남아나질 않아요

저전력 모드

14% 속에서

더 뜨거워지는 우리.

폰이 곧 꺼진다는 말이 뭐가 그렇게 걱정스러웠을까. 부랴부랴 짝도 맞지 않게 슬리퍼를 신고 나왔다. 네 그림자가 어서 가까워지기를 부리나케 기다린다. 빨리 와라. 오늘 하루 고단했던 네 모자란 베터리는 내가 꽉 채워줄게.

책갈피

삶의 한 쪽 새겨진 너를
언제든 떠올릴 수 있도록

그날 그때 그 순간
사소한 것들도 혹 잊지 않도록

우린 주로 책을 어디까지 읽었는지 잊지 않으려 책갈피를 꽂는다. 그러다 간혹 다시 찾아 읽고 싶은 페이지에도 꽂는다. 삶을 하나의 책이라 생각했을 때, 함께한 시간들 곳곳에 책갈피를 꽂아두고 싶다. 그러곤 매일 확인하고 싶다. 어제의 우린 어땠는지, 어색하게 인사했던 첫 만남은 어땠는지. 사로잡혔던 순간들을 종종 돌이켜보며, 앞으로도 이렇게 너와의 한 줄을 기록하고 싶다.

오늘

오지 않은 날들에 의미를 두지 말아요
지난날 그 거리에도 의미를 두지 말아요
오늘, 지금의 우리에게 조금 더 집중해요
현재는 선물이잖아요.

특별한 날은 아니지만 매순간 특별하게 해주고 싶어서 꽃
한 송이 샀어. "오다 주웠다." 뻔한 멘트에 환하게 웃는 너. 그
런 널 볼 때면 저절로 웃음이 나. 자꾸 네 미소가 보고 싶어서,
'어떻게 하면 네가 좋아할까?' 혼자 머리를 싸매곤 해. 다음에
뭘 해주면 좋을까? 벌써 또 보고 싶다 환한 네 미소도, 발그레
한 네 얼굴도. 오늘도 함께 해줘서 고마워. 지금처럼만 늘 사
랑하자 우리.

일상

어느새 일상의 중심이 된 네가
흔들리지 않게 단단히 잡아줬으면

네 일상의 중심에도 내가 늘 놓여 있었으면

같은 아침 햇살을 받고, 함께 길을 걷고, 맛있는 음식을 먹으며 서로의 일상이 뒤섞이는 게 좋다. 늘 흔들리기만 했던 나여서, 불안하고 지루하기만 했던 삶이 너로 인해 더 이상 그렇지 않아서 행복해. 굳이 특별함보단 안정을 원했던 내게, 넌 달콤한 열매의 씨앗과도 같은 사람. 참 고마운 사람아, 앞으로도 흔들리지 말고 내 일상의 중심에 있어요.

닿다, 달다

닿아질수록 사랑은
점점 더 달아지고

달아질수록 사랑은
깊숙이 더 닻을 내린다

확실히 처음보단 모든 게 줄어들고 덜해지겠지. 같이 있으면 시간 가는 줄 모르고 익숙해져서 말이야. 그렇게 서로에게 일상적이고도 별다른 걱정 없는 사랑은 계속되겠지, 오래도록 달달하게. 닳고 닳아 드디어 닻을 내린 사랑되어 찰나의 삶, 곳곳마다 내 바다 온통 너로 가득하기를.

빈틈

누구나 동그라미와 같다면
맞닿았을 때 빈틈은 누가 채우나

차라리
누구는 세모고
누구는 네모여서
빈틈없이 맞닿을 수 있는 게 아닌가

지금은 서로가 다르게 살아온 세월이 더 길다. 상대방에 대한 이해보다는 여태 자신이 생각해온 사랑 방식을 더 중요하게 생각하는 시기.

"우린 좀 맞지 않는 구석이 있는 것 같아, 그러니까 앞으로 서로에게 더 집중하고 잘 맞춰 가보자. 사랑해."

내 마음 다 담기엔 이 편지지가 너무 작지만, 지난밤 네게 전하지 못한 말이 있어 이렇게 편지를 쓴다. 틈새가 좀 줄었으면 좋겠다. 빈틈없는 사랑을 그린다.

잘못

내 잘못인지
네 잘못인지

이게
잘못은 맞는지

우리가 이렇게 된 건 과연 누구의 잘못일까요? 다툴 때면 항상 서로의 잘못을 따지기 바쁘죠, 아픈 단어들과 함께. 저도 알아요 항상 곱고 예쁜 말만 할 순 없다는 거. 하지만 난 적어도 그 각지고 날카로운 단어들을 당신에게 건네고 싶지 않아요. 가슴이 무너져도 보듬고 보듬을래요, 그런 아픈 말을 하는 당신 마음까지도. 이게 내 사랑법이니까. 사랑하고 있으니까. 그러니 가끔 조각 같은 비명 지를 때면, 그냥 한 번 안아줘요. 그냥 한 번 안아줘요.

계산기

이건 더하고 저건 빼고
우린 더하고 저들은 빼고

두드릴수록 작아지는
너와 나의 값이
이러다
0으로 수렴해간다면

누구의 마음이 더 큰지 계산하기 바쁘다. 이것저것 따지면서 자기만 생각하는 감정 상태. 두드릴수록 값이 커진다고 생각하지만, 실은 점점 더 작아지고 있다는 것을 알까. 값을 매길 수 없는 것에 굳이 값을 매기고, 자신은 다치기 싫어하는 이기적인 계산법. 그럴수록 존재가치는 무의미한 0에 가까워진다면 … .

권태

우리의 관계는 의린지
그 속의 나는 을인지

어디에 있어야 할지 모르겠다.

사랑에도 갑과 을의 관계가 뚜렷해지면 위치 잡기가 어려워
져 버려. 계약서 쓴 것도 아닌데 갑, 을 나누는 건 아니잖아.
사랑의 정도가 서로 똑같을 순 없지만, 사랑하기에도 모자란
시간을 무의미한 줄다리기에 다 써버리면 너무 아깝잖아. 그
래서 난 줄을 잡지 않기로 했어. 내가 을이 되고 싶어서도 너
를 갑으로 만들고 싶어서도 아니고. 서로에게 권태롭지 않고
싱그럽게 사랑하는 시간이 많아졌음 좋겠어.

초심

아무리 닳은 몽당연필도 심을 간직하는데
조그만 연필마저도 못한 마음들

생을 다할 때까지 심을 잃지 않는 연필이고 싶었다.

사람 마음이란 게 참 간사하다. 코에 걸면 코걸이, 귀에 걸면 귀걸이. 가벼운 바람에도 쉽게 변하는 우리 마음은 영원히 간직될 순 없는 건가. 연필은 생을 다할 때까지 그 심 간직하는데, 우린 자주 변덕을 부린다. 첫마음이란 첫사랑처럼 순수해서 쉽게 바래어지고 마는 것일까. 다시 쓸 수 없는 폭죽이 되고만 축축한 불씨인 것일까.

시소

네가 가라앉음에도 발을 더 뗐다.

같은 무게 아닌 이상
함께 두 발 딛고 서있기란 쉬운 일 아니겠지.
받치는 마음이 저릴 뿐이겠지.

균형을 잡는다는 게 쉽지 않다는 것을 또 알게 됐다. 빠져나오는 게 쉽지 않다는 것도 알게 됐다. 사랑할 때마다 저울을 준비해야 할까. 서로의 마음 달아보고 어쩜 몸의 중량도 눈대중이라도 해야 하는 걸까. 참, 어렵다. 공식도 통하지 않는 사랑, 계산에 서툰 나를 본다. 사랑하는 만큼 조금 더 사랑하면 될 거라 믿었던 건 한낱 어리석음이었나 환상이었나.

네가 가버린 지금 시소 한 쪽은 들리어서는 내려올 줄 모른다. 비어 버린 모습 그 가벼움과 내 무거움에 먹먹해진다. 너는 어디에 있는 거니. 둘이 타던 즐거운 시소 여기다 두고, 웃음소리 마구 어질러 놓고.

관성의 법칙

흔들린다
기울어진다
어제처럼

여전히 나는
네 곁에 더 머무르고 싶은가 보다

모든 것들은 제자릴 지키려 해요. 테이블 위 작은 찻잔, 버스 안의 우리. 그런데 감정도 그래요. 보이지도 잡히지도 않는 마음 또한 어떤 법칙을 거스를 순 없나 봅니다. 몸이 멀어지면 마음도 멀어진다고들 말하지만, 결국 마음은 떠나려 하지 않고 제자릴 지키려 하네요. 그래서 자꾸 그 쪽으로 기울어지네요. 덜컥 겁이 나네요.

이유

저마다 말 못 할 이유가 있겠죠.
그래서 묻지 않으려구요
이유조차 없으면 더 안쓰러워지는 법이니까요.

이대로 모른 채 시간이 지나
지금 이 감정 또한 무뎌지겠죠
그렇게 당신을 잊어 가겠죠.

잘 가요
이유는 모르지만.

나도 내가 왜 이러는지 모르겠어. 이유를 알면 설명이라도 해줄 텐데. 나의 괴로움은 곧 네게 전해져 널 괴롭히겠지. 그런 네 모습을 보며 난 더 힘들어질 거고. 어쩌면 괜히 네 탓을 할지도 모르겠다. 지금 이런 감정 상태가 너무 싫어. 힘들어. 내게서도 찾을 수 없는 이유를 애써 다른 곳에서 찾으려니 그것도 아닌 것 같아. 우리가 왜 이리 됐는지 모르겠지만 그냥 쉬고 싶어 널 힘들게 하고 싶진 않아, 날 좀 가만히 내버려두면 안 될까. 혼자이고 싶어 지금은. 이유를 알려고 하지 말고.

3부

파도편지

몇 번을 보내도 돌아오는 건
빈 메아리 같은 내 외침뿐

버려진 막대기 하나 집어 들고
연거푸 네 이름을 내 지상에 새겼다.

네게 닿지 못할 걸 알면서도
밀려오는 파도 조각조각마다 편지를 부쳤다.

그래, 오늘도 같은 자리에서 널 그렸다 보냈다
셀 수도 없이.

바다를 찾을 때면 항상 생각하곤 해요. 시간은 파도에 **휩쓸**려 사라졌지만, 추억은 여전히 가슴 깊숙한 곳에 앨범처럼 남아있다는 것을. 모래사장에 남겼던 약속, 예쁜 추억이고 싶어 남겼던 사진들, 노을이 빨갛게 물들어가듯 서로를 비추던 눈빛, 다정하게 높던 그 목소리, 어느 것 하나 잊을 수 없네요.

오늘은 혼자 왔어요. 앞으로도 혼자 올지 모르겠네요. 추억은 파도에 몇 번이나 부서져야 잊힐까요. 혹, 잊을 수 없다면 잊어야 한단 생각을 잊어야 할까요. 오늘도 셀 수 없이 답장 없는 편지를 보내요. 우리가 머물렀던 그 이쁜 바닷가에서.

옛사랑

옛사랑이라 부르기엔

아직 남은 내 마음이 두껍고 가엾다

길다면 길고 짧다면 짧은 그간 열심을 다해 사랑했다. 마음을 다 써야 사랑도 끝이 나는 법인데, 아직 남은 마음은 갈 곳을 잃었다. 고장 난 마음에 무얼 담는다고 달라질까. 네가 아니면 아무 의미 없다는 걸 누구보다도 내 마음은 잘 알고 있다. 넘겨도 넘겨도 남아있는 책장보다 더 두꺼운 내 마음을 본다, 대책 없다. 어쩔 줄 모르겠다.

우공이산

어리석은 사람이 산을 옮긴다

너무 어리석은 탓인지
아님 어리석지도 못한 탓인지

산은커녕 마음 하나 옮기지 못했다.

분명 많이도 어리석었다고 생각했는데 … . 네가 떠난 자리, 사랑하는 만큼 조금만 더 사랑하면 될 거라 믿었던 어리석음이 켜켜이 쌓여있다. 이건 언제쯤 옮겨지나? 이번에도 다 옮기지 못하고 물끄러미 바라본다.

아, 산보다 무거운 마음

손톱

나도 몰래 자라난 마음을 잘라낸다.
그대로 두면 다칠 걸 알기에
탁해져 더러워질 걸 알기에

생을 다해 자라난 마음을 잘라낸다.
네겐 죽어 거슬리는 감정
내겐 죽어서도 고통스러운 감정

그날 이후 밤마다 자라난 마음을 잘라낸다.
남은 마음 어쩌지 못하고
잘라진 마음 한 조각 하늘에 걸렸다

손톱은 죽은 것일까요? 우리가 모르는 사이 자라고, 생을 다해 자라죠. 유독 밤이면 눈에 들어오지 않았던 손톱이 제법 자랐다는 것을 알게 돼요. 서로의 의미를 더 이상 찾을 수 없었던 순간을 맞이한 후 그대는 어떠신가요? 잘라내고 잘라내도 자라나는 이 마음을 내버려두기엔, 전 아직 많이 힘든가 봐요. 아물지 않은 생채기가 자라듯 손톱은 잘라진 마음되어 초승달처럼 내 밤하늘에 살아 있네요.

모음변환

가을 겨울
모음만 바뀌었을 뿐
날이 갈수록
마음이 시리다

또 한 번 계절이 바뀌었네요. 당신이 없는 몇 번째 계절인지 이젠 셀 수도 없네요. 모음 두 개만 바뀌었을 뿐인데 왜 이렇게 날이 갈수록 추울까요? 자연의 순리라서 그럴까요? 아뇨, 아무리 생각해봐도 점점 추워지는 이유는 당신이 없어서이겠죠. 환절기마다 당신의 빈자리가 커지는 걸 보면, 당신은 참 계절보다 더 큰 존재였나 봅니다.

첫눈

그대 계신 곳에 첫눈이 내렸다지요

가슴 한 편 가득 쌓아둔

그립다는 소식

넘쳐 나

이젠

거기까지 내리나 봅니다.

첫눈처럼 보고 싶다

예전엔 네게 하고 싶은 말이 참 많았다. 떨려서 무슨 말을 해
야 할지 모르겠다고, 내가 좋아하는 거 알고 있냐고, 혹 알고
있음 잊지 말라고, 봄이 너를 닮아 이렇게 예쁘다고, … , 내가
아는 맛집에 함께 가자고 그러곤 우리 둘만 아는 맛집으로 삼
자고, 밤은 짧으니 조금만 더 같이 있을 순 없냐고, 네가 좋아
할 만한 곳을 봐두었으니 주말에 같이 가자고, … , 마음만큼
잘 해주지 못해 미안하다고, 가벼운 네 한마디에 나도 눈물을
터뜨린다고, 그럼에도 네 미소 하나에 언제 그랬냐는 듯 잊어
버리는 나라고, … , 많이 사랑한다고. 이렇게 많았던 말들 중,
이제 내가 할 수 있는 말은 하나밖에 남지 않았다. 첫눈처럼
보고 싶다.

먼눈

먼눈 되었다.
더 이상 널 담을 수 없어
아린 두 눈.

온 세상이 까맣다
보랏빛, 강렬한 잔상으로
타들어가는 시신경.

젖은 맘만 아롱진다.
더는 상도 맺지 못하고서
푸르게 서린 슬픔.

시력이 좋았다 근데, 지금은 네게 눈이 멀었다. 더 이상 널 눈에 담을 수 없다면 굳이 뜨고 다닐 필요가 있을까. 까맣게 닫힌 시신경을 느껴 보았는지. 함께 손잡고 걷던 거리, 속닥거리며 나른한 오후를 보내던 카페, 사랑의 맛 가득한 김밥을 먹여주던 D공원, 소릴 질러 대던 OO랜드의 롤러코스터, 그 아우성이 귀에 쟁쟁한데, 어디에든 남아있는 네 잔상에 눈이 아린다. 네가 떠나서였을까 내 시야는 까맣다.

습관

아직도 습관처럼 네 번호 누르는데
이게 나쁜 습관일까, 아님 내가 나쁜 걸까.

습관이란 게 참 무서워요. 항상 내 왼쪽에 있던 당신이 없다는 것이, 함께 걸어 다니던 거리에 혼자 서있단 것이 사뭇 허전해요. 강의를 듣고 모임을 하고 그렇게 바쁜 하루를 마치고 만났을 때, 까르르 반기며 안아주던 당신. 상냥한 목소리로 아침을 일깨우던 당신은 이제 곁에 없네요. 맞죠? 없는 게 맞죠? 당신의 빈자리를 인정해야 하는데. 기다려서도 기대해서도 안 되는데. 시기를 놓쳐 고쳐지지 않는 습관이란 참, 무섭습니다.

도가니

오랜만에 아끼던 코트를 꺼냈다
주머니 속, 오래 자리한 먼지와 함께
무언가 손에 걸린다.

도가니:20XX/09/OO(목) 5관 H열 08번 09번
꼬깃꼬깃 구겨진 닳은 티켓.

'아, 그래. 이 코트도 네가 좋아했었지.'
짧은 생각이 스치곤, 한 편의 영화보다 분명
길었던 추억이 쉴 새 없이 펼쳐진다.

도가니처럼 단단하고 강렬했던
서로의 뜨거운 숨결 뿜어내던
그날의 우린 지금 어디 있는 건지.

또 한 번 온몸이 제멋대로 달아오른다.

지우면 남김없이 사라질 줄 알았는데 지우개똥이 날 보곤 비웃는다. 그래, 지운다고 다 사라지는 거였다면 지우개는 제 몸 깎지 않았겠지. 무언가 지울 때 필요한 건 지우개가 아닌 그 마음 본연이었음을.

추억은 도가니같이 뜨거워진다.

화전민

당신은 화전민
나를 검게 불태우고
떠나버린 화전민

당신은 화전민
내가 비옥해질 때까지
돌아오지 않을 화전민

당신은 화전민
내게 살아있지만
이 산에서 사라져버린 화전민

척박한 땅이 있었다. 그래도 좋았다. 힘들었다. 그래도 좋았다. 불을 질러 뭔가를 수확할 수도 있다는 기대감에 땀도 달았다. 무엇보다 이 힘듦을 나눌 함께할 이가 있다는 것에 의욕이 솟아났다. 그러나 땅의 힘은 떨어지고 검은 숯덩이 같은 현실이 남게 되었다. 또 다른 곳을 찾아야 한다는 명분은 헤어짐을 정당화했다. 숯덩이 된 땅에는 풀꽃도 피지 않는 것일까? 허리 낮추어 눈여겨보지도 않고 손길 거두고 발길도 돌려 버리는 우리 삶의 방식을 돌아본다.

근황

잘 지내냐는 네 말에
또 한 번 무너지는 나였다

요즘 넌 어때? 밥은 잘 챙겨 먹는지, 혹 아픈 데는 없는지. 요즘 넌 어때? 내가 보고 싶지는 않았는지, 혹 그새 새로운 설렘 찾아왔는지. 궁금한 게 참 많은데 쉽사리 건넬 수 없는 말들. 그렇게 참고 사는 근황 속으로 불쑥 온 네 연락 한 통. 또 어쩌지 못하고 혼란스러워하는 나는.

비 오나 봐

어색한 기류 사이로 술잔을 기울일 때,
익숙한 향기는 코끝을 스치고
새까만 네 눈엔 지난날의 내가 담겨 있는데

추억을 안주 삼아
한 잔 두 잔 비워낸 술잔
비워낸 만큼 우린 비워졌을까

몇 잔을 마셔도 비워지지 않는
나만 아는 너의 사소한 부분들이 자꾸 눈에 밟히고

많이 고마웠고 미안했다는 네 끝말에
붉어진 얼굴 보일 수 없어
시선을 돌릴 수밖에

어, 밖에 비 오나 봐라.

아슬아슬하게 쥔 손을 놓으면 끝이다. 사실 이보다 쉬운 건 없다. 이걸 알면서, 아니 이걸 알기에 도리어 움켜쥐려 애쓰는 건 아닐까. 지금 내 마음은, 놓았을 때의 공허가 두려운 탓인가, 아니면 네게 고착된 감정의 결집인가. 시간이 갈수록 무의미한 악력만 남았다. 미련의 몫은 결국 내 것인가.

이 별의 계절

이 별엔 왜 이리 이별이 많은지
익숙해질 때면 떠나가는 이 계절과도
우린 늘 이별하고 있죠.

어느 여름날, 사랑하는 사람들과 계곡에 갔을 때였어요. 몇 년 만에 만나 공기 좋은 곳에서 물놀이를 하고, 시원한 맥주도 마시며 그렇게 하루를 보내고 있었죠. 어느덧 푸르스름한 저녁이 찾아왔고, 숙소로 향하던 중 구름이 산을 넘어 조금씩 움직이는 게 눈에 들어 왔어요. 그걸 본 순간 이런 생각이 들더군요. 무더운 이 계절, 내가 아끼는 사람들, 그리고 함께하는 순간들과 우린 늘 이별하고 있다고. 어쩜 제가 이 글을 써 내려가는 지금도, 당신이 이 글을 읽고 계신 지금도 이별 중인 것처럼.

결핍

다 써 없어진 것이 아닌데
있어야 할 것이 없어지거나 모자란 것인데

어떤 단어도 널 대신할 수 없어
속절없이 괴로운 날들이 계속된다

깊고도 긴 외로움이다.

결핍[缺乏]: 명사

1. 있어야 할 것이 없어지거나 모자람.

2. 다 써 없어짐.

사전을 펼쳤다. '사랑', '이별', '그리움' … 그럴듯한 단어에 밑
줄을 그었다. 소리 내어 읽고 끄적이며 곱씹었다. 어느새 빼곡
해진 노트엔 네가 있을까. 가난해진 마음은 그럴 리 없다며 결
핍이라 쓰고 외롭다고 외친다.

OST

함께 듣던 노래가 들릴 때면
나도 모르게 같이 이어폰을 나누던
그날의 우리가 떠오른다

이제
혼자 듣는
우리들의 오리지널 사운드 트랙

아무리 좋은 노래라도 함께 듣지 말았어야 했다. 언젠가 그 노래는 서로를 떠올리게 만들 테니까. 서로의 OST가 되어 구멍 난 마음을 파고들 테니까.

길을 걷던 중 오랜만에 낯익은 멜로디가 들려 왔다. '뭐였더라? 어디서 많이 들어본 노랜데' 딱 여기까지. 추억에 빠지지 않고 지나칠 그만큼. 나도 이제 꽤 익숙해졌나 보다. 다행이다. 그럼에도 묻습니다. 당신의 오리지널 사운드 트랙은 잘 돌고 있나요? 잘 지내나요.

쉼표

이제, 그만 사랑하고 싶다.
이제 그만, 사랑하고 싶다.

시간은 약일까? 시간이 약이었다면 온 세상 약사들은 시간만 팔았을 텐데, 그렇지 않은 걸 보면 시간은 약이 아닌 것이지. 그런데 시간의 맛은 참 쓰다. 시간이 흘러도 마침표를 못 찍고 있는 나. 그럼, 쉼표로 구분하자. 찍어 하나의 사랑을 끝내고 또 다른 사랑을 시작하기로.

끝말

'안녕'

사랑한 순간들과 함께
사정없이 사그라드는

"잘 지내, 행복해."
굳이 군말 없이

순정한
나의 끝말, 안녕.

다음엔 내 시집을 주겠다고 약속한 날로부터 시간이 제법 흘렀다. 사실 약속은 이제 별 의미가 없다. 죽은 감정은 말을 걸어오지 않는다. 내가 적실 잉크는 말라붙었다고 봐야지. 그동안 누군가의 부재에서 유발되는 결핍의 헛헛한 영감, 책갈피 같은 한 편의 글들은 함부로 다룰 수 없는 큰 선물이 되었다. 드디어 부단했던 감정의 터널로부터 나와 마침표를 찍는다. 떨리는 손끝이 말한다. 이젠 괜찮다고, 자유라고, 맘 편히 쉬라고. 안녕이라고. 그동안 수고 많았다 그대.

끝말잇기

있잖아. 긴 항해를 마치고 돌아온 선박의 뱃바닥엔 따개비가 많이 붙어 있어. 이 녀석들은 한 곳에 정착한 순간부터 딱 달라붙어선 평생 떨어질 생각을 안 해. 그러고는 시간이 지날수록 점점 더 딱딱하고 견고한 군집을 이루어.

지금 내가 이 말을 왜 하고 있는지, 너는 아니?